JN437334

초롱불

초롱불

박남수 지음

한국 시집 초간본 100주년 기념판 — 바람

일러두기

1. 이 책의 텍스트는 1940년 2월 5일에 발행된 『초롱불』의 초간본이다.
2. 표기는 원칙적으로 현행 맞춤법에 따랐다. 그러나 특별한 시적 효과와 관련된다고 판단되는 경우는 원문의 표기를 그대로 두었다.
3. 한자는 한글로 고치되, 꼭 필요한 경우는 괄호 처리 하였다.
4. 편자 주는 모두 후주로 처리하였다.
5. 한 편의 시가 다음 면으로 이어질 때 연이 나뉘면 첫 번째 행 상단에 줄 비움 기호(>)를 넣어 구분하였다.

제1부

제2부

제3부

제1부

심야(深夜)

보름달이 구름을 뚫고 솟으면……

가무스레한 어둠에 잠겼던 마을이 몸을 뒤척이며 흘러흐른다.

하아얀 박꽃이 덮인 초가집 굴뚝의 연기 밤하늘을 보오얀히 오르고,

뜰 안에 얼른얼른 사람이 홍성거린다.

어린애 첫 울음이 고즈넉한 마을을 깨울 때
바로 뒷방선 개 짖는 소리 요란요란하다.

새악시를 못 가진 나는 휘파람 불며 논두렁을 넘어 버렸단다.

주막

토방마루에 개도 어수룩이 앉아
술방을 기웃거리는 주막……

호롱불이 밤새워 흔들려 흔들린다.

밤이 기웃이 들면
주정꾼의 싸움이 벌어지는 행길, 행길 앞 주막.

둘 사이 들어 뜯어 놓는
얼굴이 바알간 새악시, 술방 아가씨.

술상이 흩어질 무렵……

마른침에 목을 간질이던 마을이
소갈비를 구워 먹는 꿈을 꾼다더라.

밤길

개구리 울음만 들리던 마을에
굵은 빗방울 성큼성큼 내리는 밤……

머얼리 산턱에 등불 두셋 외롭구나.

이윽고 홀딱 지나간 번갯불에
능수버들이 선 개천가를 달리는 사나이가 어렸다.

논둑이라도 끊어서 달려가는 길이나 아닐까.

번갯불이 스러지자,
마을은 비 내리는 속에 개구리 울음만 들었다.

거리

남폿불에 부우염한 대합실에는
젊은 여인과 늙은이의 그림자가 커다랗게 흔들렸다.

—네가 가문 내가 어드케 눈을 감으란 말이가.

경편(輕便) 열차의 기적이 마을을 흔들 때,
여인은 차창에 눈물을 글썽글썽하였다.

—네가 가문 누굴 믿구 난 살란?

차가 굴러 나가도
늙은이는 사설을 지껄였다.

—데놈의 기차가 내 며누리를 끌구 갔쉬다가레.

다리 밑

나무다리 밑 불빛이 부우염히 달려
거적자리 위에 그림자 커다랗다.

잠자리 찾아 이리로 들렀나……

반딧불이 날고, 개울물이 도론도론 들리는
다리 밑에는 얻어 들인 저녁이 한참 갔구나.

개울물만 화안히 트고
통 어둠에 잠겼는데
어디서 장타령 외는 소리 늘어지게 들린다.

날이 새면,
다리 밑은 아무것도 없으리라.

초롱불

별 하나 보이지 않는 밤하늘 밑에
행길도 집도 아주 감추었다.

풀 짚는 소리 따라 초롱불은 어디를 가는가.

산턱 원두막일 상한 곳을 지나
무너진 옛 성터일 즈음한 곳을 돌아

흔들리던 초롱불은 꺼진 듯 보이지 않는다.

조용히 조용히 흔들리던 초롱불……

미명(未明)

희멀건 그믐달이
별짜구니를 돌아 흘러 흐르면,

장보러 가는 나귀 옆 초롱이 흘러 따르고,
나귀 눈방울에 마을이 흘러 지나자……

뒷골 닭이 자지러지게 울어
객줏집 맏며느리,
뜬눈에 대청 높은 집 마나님 꿈이 머물렀다.

제2부

유전(流轉)

온천이 솟아난 날……

말 궁둥이에 송아지 찰찰 감아 들고
황소 모가지에 놋방울이 왈랑이던 벌에,

앓는 이와 창부(娼婦)의 마을이 들어앉았다.

이윽고 어느 날,
풀섶 헤치며 걸어 나온 멧도야지는

낯선 마을을 버려 두고 어디로 가버렸다.

온천은 솟아 솟아오르기만 할 것일까……

부락(部落)

온천을 둘러싸고 마을이 생긴 날……

망아지 울던 벌에
신파쟁이 트럼펫이 가을바람을 실어 왔다.

앓는 이는 앓는 이끼리
창부는 창부끼리
벌 위에 진(陳) 친 천막이 고운 이야기였다.

온천만 홀로 솟아 흐를 동안,

마을은 병들지 않은 사람을 찾아
옛날 추억에 십전(十錢) 백동화를 놓고 왔다.

그 후 며칠도 천막을 불려 가지 않았다.

마을

외로운 마을이
나긋나긋 오수(午睡)에 졸고,

넓은 하늘에
솔개 바람개비처럼 도는 날……

뜰 안 암탉이
제 그림자 쫓고
눈알 또락또락 겁을 삼킨다.

제3부

적경(寂境)

산짜구니에 올라 다람쥐 벗 삼아
가랑잎 긁어모아 술병이 오골오골 끓어나면

늦은 가을에, 마음은 트인 하늘이었다.

서쪽 하늘 붉게 붉게 물들 무렵,

남은 술 낙엽에 재벌* 데우고 앉아
보오얀히 떠오르는 연기 너머 바라보면,

발아래 아련히 들리는 개 짖는 마을, 내 향리(鄕里) 신작로에
먼지 자옥이 올리며 승합 자동차가 달곡달곡 돌아온다.

마을이 어둠에 잠겨 버리자
술병 단장에 끼워 메고 산을 내려 내리면,

동쪽 머언 산에 보름달이 밀리어 나온다.

전설

물레방아 돌아 돌아 방앗간 울타리에 동백꽃 피어오르자,

가벼운 지축을 타고 나비는 쫓았더란다.

까치동저고리에 머리가 치렁치렁하던 소녀,
그리운 그리운 사람아……

집오리 올라타고 하늘을 꿈꾸던 나,
마을 동자(童子), 인젠 다 자라 버렸구나.

밤하늘에 별똥이 날면 무엇하련.

이마를 씌우던 송낙*을 엮어선 무엇하련.

이래도 나는 물레방앗간 옆대기에, 모래성을 짓던 꿈을 버리잖아도 좋으랴.

흐름

매화꽃 필 무렵……

순임이는 인력거에 흔들리며
삼십 리 뒷산 너머 읍으로 갔단다.

하아얀 이마에 씌웠던 송낙도 버리고
여울물에 띄웠던 내 종이배가 돌아오기도 전에

순임이는 삼천 리를 인력거에 실려 갔단다.
풍결에 기생이 되었다는 말,

그 말 나는 믿지도 않고 흘러서 오 년—

기차 타고 하루를 가는 내 중학(中學)을 마치고
어느 조그마한 요정에 너를 만나,

스산한 가을바람에 싸여 나는 울었더랬단다.

>

—노름판이 싫여 싫여 죽고 싶어요.

열여섯 네 입술이 벌써 파들파들 떨리누나.

세월은 흘러흘러 슬픔만 남기고 가는 걸까.

잠든 얼굴

헝겊 심지에 아주까리 기름이 졸아
마지막 불빛이 흔들리는 초당(草堂)이
당신 얼굴에 있었을 줄이야……

여보오—
잠든 당신의 얼굴은,

설움인 양 하이얗디 하아얀 눈 내리는 밤이 있구려.

폐(肺)라도 앓나. 박꽃처럼 찔렸구나.
당신 잠든 얼굴은 핏줄이 엉성히 들여다보여……

여보오—
동백나무 무성한 당신의 머리카락은

숱한 머리카락은 당신 얼굴보다 젊구려.

>

요정(料亭)이 싫다면서 소녀도 지우고
인제 내 아랫목에 안도(安堵)하신 이,

당신 꿈은 그래도 눈물이 있을 상하여……

여보오—
찬 서리에 와스스 부서질 당신 같아

나는 외로운 노래를 부르며 광야를 헤매었더랬다오.
나는 당신과 등지고 눈물을 찔끈 거두려 하였더랬다오.

멎길

질곱은 장송(長松)이 둘러선 산길은
포개진 솔잎 어려
어둑어둑 도깨비라도 튀어날 것 같았다.

환히 트인 신작로가
보일 듯 보일 듯 굽이 돌아 머얼어……

누거만년(累巨萬年) 침묵이 흠뻑 젖은 산길에
콩! 콩! 여우의 울음은
오금을 자릿자릿 저리웠다.

오오오호 켕겨서 소리 소리 지르면
오오오호 산울림 돌아 도로 온다.

열두 살짜리 내 소년은 이 산길 울면서 고향을 떠난 전설을 묻었단다.

눈 내린 길

겨울밤, 눈 내리는 밤
하아얀 눈을 밟으며 밟으며 가신 이가 누구일까.

머얼리 발자취 조그만 발자취 건넛마을로 건너갔구나.

한 줄기 입김에도 흐려지는 유리창 앞에
홀로 홀로 금붕어처럼 지키며
흰 눈 내려, 내려서 쌓이는
이 아침 우편배달부가 지날 상한 아침.

행여 돌아올 리 없을 이
그이를 그려 그리며
내 마음은 자릿자릿 저렸다.

태곳적 설움이 서린 이 아침에
알지도 보지도 못한 이 가신 길에,

어찌하여 조그만 발자취에 슬픈 전설을 맺으려는 걸까.

*

25쪽　〈재벌〉은 〈한 번 한 일을 다시 한번 거듭함〉이라는 뜻이다.

26쪽　〈송낙〉은 예전에 여승이 주로 쓰던, 〈송라를 우산 모양으로 엮어 만든 모자〉이다.

해설

박남수와 『초롱불』

박남수는 1918년 평안남도 평양에서 태어났다. 그는 등단 이전에 이미 「삶의 오료(悟了)」(『조선중앙일보』, 1932), 「행복」, 「삼림」(『맥』, 1938) 등 수십 편의 작품을 발표한 바 있다. 1939년 정지용의 추천으로 『문장』을 통해 등단했다. 당시 3회에 걸친 추천작은 「심야」, 「마을」, 「주막」, 「초롱불」, 「밤길」, 「거리」 등이다. 초기 시들을 정리하여 1940년 첫 시집 『초롱불』을 간행한 후 약 10년간 박남수는 시를 쓰지 못했다. 평양 숭실상업학교를 거쳐 1941년에 일본 주오(中央) 대학 법학부를 졸업했다. 해방 직후 조선식산은행 진남포 지점에 입사하여 평양 지점장을 역임했다. 1951년 1·4 후퇴 때 월남하여 다시 시를 쓰기 시작했다. 이 시기의 작품들은 전쟁의 비참함과 동족상잔의 비극을 고발하면서도 자연의 생명력과 영원한 아름다움을 긍정하고 있다. 1954년 『문학예술』 주간이 되었고, 1957년에는 유치환, 조지훈, 박목월 등과 한국시인협회를 창립했으며, 1959년 『사상계』 상임편집위원을 지내는 등 활발한 문단 활동을 했다. 시작 활동도 꾸준히 전개하여 두 번째 시집 『갈매기 소묘』(1958), 세 번째 시집 『신의 쓰레기』(1964), 네 번째 시집 『새의 암장』(1970)을 간행했다. 1975년 미국으로 이민을 떠났다. 시인은 이때의 심정을 〈유배 가는 길〉로 표현하면서 시인으로서 모국어와 이별해야 하는 고통을 토로한 바 있다. 그는 이민 후에도 고국의 문단 소식에 귀를 기울이며 활발한 창작 활동을 계속하여 여러 권의 시집을 출간했다. 『사슴의 관』(1981), 『서쪽, 그 실은 동쪽』(1992), 『그리고 그 이후』(1993), 『소로』(1994) 등이 그것이다. 일흔여섯 되던 1994년 9월 미국 뉴저지주 자택에서 사망하였다.

박남수의 시는 50여 년에 걸친 오랜 기간 동안 두 번의 공백기를 거치면서 변화한다. 해방 전에 쓰인 초기 시들은 일제 말의 어두운 시대 상황을 절제된 이미지와 풍부한 암시를 통해 그려 내었다. 해방 이후의 중기 시들은 전쟁과 혁명 등의 혼란한 현실에 대한 부정적 인식을 바탕으로 순수와 이상의 세계를 추구한다. 이민 이후의 후기 시들은 타국에서 느끼는 망향의 정이나 삶과 죽음에 대한 사색을 진솔하게 표출하고 있다.

박남수의 시는 선명한 이미지와 섬세한 언어 감각을 추구하면서도 현실성을 외면하지 않는다. 그의 시를 이끌어 가는 것은 현상을 직관적으로 포착하는 이미지들이다. 그는 명징한 심상들로 사물의 본질을 표현하고 나아가 존재의 근원에 이르려는 지속적인 노력을 보여 준다. 박남수의 시는 여리고 순수한 존재가 현실에서 겪는 고통에서 출발하지만, 궁극적으로는 이상, 생명, 순수 등의 긍정적인 가치를 지향한다.

박남수의 시에서 유난히 많이 나타나는 〈새〉의 이미지나 상승하는 식물의 이미지는 이러한 지향의 산물이다. 특히 〈새〉의 이미지는 박남수의 시 세계에서 자주 반복되며 등장한다. 시인은 〈새〉의 이미지를 매개로 해서 가혹한 세계와 순수한 존재 사이의 비극적 갈등을 계속해서 탐구한다. 그리고 순수한 〈새〉의 이미지를 통해서 부정적 현실의 초월을 꿈꾼다. 그리고 이러한 인상적인 이미지를 잘 사용함으로써 그의 사색이 메마른 관념이 아니라 탄력 있는 시적 의미가 되게 한다. 박남수는 현실을 외면하지 않으면서도 시의 미학적 차원을 존중하며 존재의 본질에 대한 인식론적인 탐색을 지속시켜 나갔던 시인이다.

첫 시집 『초롱불』은 1940년 2월 5일 삼문사에서 출간되었다. 『문장』 추천 시들과 초기 시 대부분이 실려 있다. 정가는 1원 30전이었다. 『초롱불』은 시인의 경험 세계와 미학적인 경향을 함축하고 있다는 점에서 그의 시를 이해하는 데 중요한 의미를 갖는다.

이 시집에 실린 대부분의 시는 어두운 시간적 배경과 그와 대조적인 빛의 이미지를 병치시켜 명암의 선명한 대립을 보여 준다. 이 시집의 시들은 〈최대의 단순 속에 최대의 예술이 있다〉고 한 시인 자신의 말처럼 감정의 개입을 최대한 억제한 채 간결하고 비약적인 장면들로 시상을 이끌어 간다. 박남수를 추천했던 정지용도 그의 시작법을 나비를 잡는 법에 비유하거나 〈번갯불도 색(色)실같이 고운 자세를 잃지 않는 산번갯불인 데야 어찌하오〉라며 그 섬세하면서도 간결한 특성을 각별하게 거론한 바 있다.

『초롱불』은 제목에서 짐작할 수 있듯이, 어둠을 밝히는 조그만 초롱불의 이미지를 통하여 식민지 현실의 암울함을 상징하고 있다. 미약하고 위태로운 빛의 이미지와 모든 사물을 은폐시킬 수 있는 강력한 어둠의 이미지는 당시의 불안하고 암담했던 시대 상황을 암시한다. 「주막」, 「거리」 등의 시에서는 흔들리는 빛을 통해 위태로운 현실을 드러내고 「밤길」에서는 어둠과 빛의 선명한 대비로 위기감을 표현하고 있다.

『초롱불』의 배경을 이루는 향토와 자연 역시 평화롭고 자족적인 공간이라기보다는 불길하고 결핍된 공간이다. 가령 「유전(流轉)」에서는 온천이 솟아난 후 훼손된 삶의 터전이, 「마을」에서는 고적하고 무기력한 공간을 위협하는 불안한 힘이 인상적인 비유를 통해 나타난다. 이러한 시들은 기존의 농촌 사회에서 삶의 바탕을 이루던 자연이 수탈의 대상이 되고 전통적인 사회와 가족 구도가 붕괴되어 가는 현실을 보여 준다. 그러나 시인은 현실에 대한 직

접적인 묘사를 피하고 분위기와 정경 묘사를 통한 간접적인 방법으로 현실의 암울함을 전달한다.

시집 『초롱불』은 빛과 어둠의 대비 또는 비유적 정황을 통해 고통스러운 현실을 암시하는 한편 토착적인 풍물과 자연을 배경으로 당시의 민족적인 분위기를 보여 주기도 한다. 이 시집은 일제 말 암흑기에 국어의 순수성을 지키고 민족 고유의 정서를 살렸다는 점에서도 주목된다. 시집 『초롱불』을 통해 박남수는 선명한 이미지와 절제된 언어를 구사하는 이미지스트로서의 면모를 선보였다. 1930년대의 대다수 모더니즘 시들과는 달리 인생이나 세계에 대한 예리한 관찰과 아울러 삶에 대한 존재론적 성찰을 보여 준다는 점에서 『초롱불』은 일제 말기에 출간된 소중한 시집이다.

이남호(고려대학교 명예교수)

편자의 말

한국 현대시를 대표할 만한 시집들의 초간본을 다시 출간하는 일은 과거를 오늘에 되살리는 일이라기보다는 점점 과거 속으로 사라져 가는 것에 새로운 생명을 부여하여 여전히 오늘의 것이 되게 하는 일이라고 생각한다. 한국 현대시 100년의 역사는 많은 훌륭한 시집을 남겼다. 많은 훌륭한 시집들이 모여서 한국 현대시 100년의 풍요를 이루었다고 말할 수도 있다. 그러한 시집들을 계속 살아 있게 하는 일은 시를 사랑하는 사람의 의무일 것이다.

그러나 이러한 작업은 겉으로 드러나지 않는 수고와 신중함을 많이 요구한다. 첫째는 대표 시인을 선정하는 어려움이다. 수많은 시집들을 편견 없이 재검토해야 하는 수고도 수고지만, 선정과 배제의 경계에 있는 시집들에 대해서는 많은 망설임과 논의가 있어야 했다. 대표 시인 선정 작업이 높은 안목과 보편타당한 기준에 의해서 이루어졌는지는 시간을 두고 전문 독자들에 의해서 판단될 것이다.

두 번째 어려움은 표기에 관련된 것이다. 사실 20세기 전반기의 우리 출판과 한글 표기법의 수준은 보잘것없다.

맞춤법, 띄어쓰기, 행 가름, 연 가름 등에는 혼란스러운 곳이 많고 오식으로 보이는 부분들도 많다. 그것들은 오늘날의 독자들에게 혼란과 거북함을 줄 뿐만 아니라, 작품의 이해를 방해하기도 한다. 그리고 다른 지면에 인용될 때마다 표기가 달라지는 결과를 낳기도 한다. 근대 초기의 많은 문학 작품들을 오늘날의 표기법으로 잘 고쳐서 결정본을 확정 짓는 작업이 시급하다고 할 수 있다. 이러한 생각에서 시적 효과를 지나치게 훼손하지 않는 범위 안에서 표기를 오늘에 맞게 고쳤다. 그러나 시의 속성상 표기를 고치는 일은 조심스럽지 않을 수 없다. 단어 하나, 표현 하나마다 시적 효과와 현재의 표기법 그리고 일관성을 고려해서 번역 아닌 번역 작업을 해야 했다. 이러한 작업이 원문의 분위기를 어느 정도 훼손하는 것은 어쩔 수 없었다. 또 어떻게 고쳐야 할지 판단이 서지 않는 부분도 꽤 있었다. 어쩌면 표기와 관련해서 노력한 만큼의 성과를 얻지 못했는지도 모른다. 그러나 이러한 작업의 축적을 통해서 작품의 결정본을 만들어 나갈 수 있을 것이며, 또한 오늘의 독자에게 친숙한 작품이 될 수 있을 것이다.

초간본의 재출간 아이디어를 최초로 낸 사람은 열린책들의 홍지웅 사장이다. 그분의 남다른 문학 사랑과 출판 감각 그리고 이 작업에 대한 전폭적인 지원에 존경심을 표하고 싶다. 그리고 시집 선정과 표기 수정 및 기타 작업은 이혜원, 신지연, 하재연 선생과 팀을 이루어 했다. 이분들의 꼼꼼함과 성실함에도 존경심을 표하고 싶다. 이 총서가 문학 연구자들뿐만 아니라 일반 독자들에게도 널리 그리고 오래 사랑받기를 바란다.

이남호

한국 시집 초간본 100주년 기념판

초롱불

지은이 박남수 박남수는 1918년 평안남도 평양에서 태어나 평양 숭실상업학교와 일본 주오(中央) 대학 법학부를 졸업했다. 1939년 정지용의 추천을 받아 『문장』을 통해 등단했으며 초기 시들을 정리하여 1940년 첫 시집 『초롱불』을 간행했다. 이후 『갈매기 소묘』(1958), 『신의 쓰레기』(1964), 『새의 암장』(1970) 등의 시집을 펴냈으며 1975년 미국으로 이민을 떠났다. 1994년 미국 뉴저지주 자택에서 사망하였다.

지은이 박남수 **책임편집** 이남호 **발행인** 홍예빈 · 홍유진
발행처 주식회사 열린책들 **주소** 경기도 파주시 문발로 253 파주출판도시
전화 031-955-4000 **팩스** 031-955-4004 **홈페이지** www.openbooks.co.kr

ISBN 978-89-329-2227-0 04810 **ISBN** 978-89-329-2210-2 (세트)
발행일 2022년 3월 25일 초간본 100주년 기념판 1쇄

초간본 간기(刊記) 인쇄 쇼와(昭和) 15년 1월 28일 **발행** 쇼와 15년 2월 5일 **반가** 1원 30전 **저작 겸 발행인** 박남수(東京市世田ケ谷區大原町一二六一) **인쇄인** 최낙종(東京市淀橋區戸塚町一ノ二五三) **인쇄소** 삼문사(東京市淀橋區戸塚町一ノ二五三)